LILI-ZOÉ ET SA TÉLÉ

Texte et illustrations de Glenn McCoy
Traduction de Carole Tremblay

imagine

Lili-Zoé adorait sa télé. Elle passait sa journée à la regarder.

Elle avait une foule d'émissions favorites : au moins 300.

Elle aimait les séries intergalactiques comme *Capitaine Laser de l'air*

et les feuilletons où l'on voit de mignons petits animaux,

comme *La tanière des toutous tout fous.*

En fait, Lili-Zoé aimait toutes les émissions de télé.

Elle utilisait toujours sa main droite pour manipuler

la télécommande. La main de son super pouce zappant.

Personne au monde ne pouvait zapper aussi vite que Lili-Zoé.

Lili-Zoé n'avait aucun ami. Elle n'en avait pas besoin. Elle avait sa télé adorée. C'était elle, sa meilleure amie. Elle lui tenait compagnie pendant les orages et la gardait bien au chaud les soirs d'hiver.

Lili-Zoé ne quittait jamais sa télé. Elle prenait tous ses repas devant le petit écran. Si elle devait sortir de la pièce, sa télé la suivait.

La télé restait allumée jour et nuit. Même que Lili-Zoé
dormait dessus. Et quand elle ronflait, ses rêves
étaient entrecoupés de pauses commerciales.

Lili-Zoé avait un chien qui s'appelait Monsieur Saint-Aboie.
Malheureusement, il y avait bien longtemps qu'elle
ne jouait plus avec lui. Monsieur Saint-Aboie avait beau faire
tout ce qu'il pouvait pour attirer son attention,
c'était peine perdue : Lili-Zoé restait rivée à son écran.

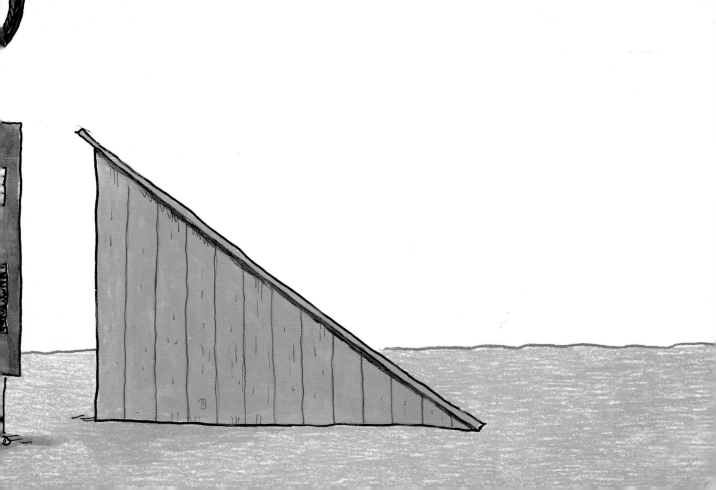

Un matin, à son réveil, Lili-Zoé sentit que
quelque chose de très grave venait d'arriver.
L'écran de la télé était noir et froid.

— Au secours, Monsieur Saint-Aboie! cria Lili-Zoé.

Je vais rater mes émissions du matin!

Elle essaya la télécommande. Elle secoua la télé.

Mais il ne se passa rien du tout.

— À l'aide! hurla Lili-Zoé. Appelez le 9-1-1!

Alertez les pompiers! Prévenez l'armée!

Monsieur Saint-Aboie comprit en un instant

qu'il devait sauter sur l'occasion.

Monsieur Saint-Aboie pressa sur tous les
boutons et tourna toutes les roulettes.
Puis, il inspecta l'arrière de la télé
et remua quelques fils.

— Alors ? demanda Lili-Zoé. Est-ce que c'est grave ?
Il faut absolument que tu fasses quelque chose !

Monsieur Saint-Aboie pointa une annonce dans le journal.

— Un atelier de réparation de télés ?! s'écria Lili-Zoé.
Génial ! Je suis sûre qu'ils vont pouvoir l'arranger !

En un clin d'œil, ils se retrouvèrent
tous les trois dehors.
Pendant qu'ils marchaient, Lili-Zoé
ne cessait de regarder autour d'elle.
Elle était tellement habituée de voir la vie à
travers un écran que tout lui paraissait
presque trop lumineux. Lili-Zoé essaya
d'ajuster les couleurs avec sa télécommande,
mais, évidemment, cela ne fonctionna pas.

Lili-Zoé aperçut des fillettes qui jouaient
à la corde à danser de l'autre côté de la rue. Aussitôt,
Monsieur Saint-Aboie saisit le fil de la télé et commença
à le faire tourner. Lili-Zoé sauta à la corde entre ses deux amis.

Tout à coup, Lili-Zoé regarda sa montre.

— Oh non ! C'est l'heure du *Village des vilains voleurs*.

Il faut qu'on se dépêche d'aller faire réparer la télé !

Pour se rendre chez le réparateur,
les trois amis durent grimper au sommet d'une
pente abrupte. Quand ils furent arrivés en haut,
la rue commença à redescendre et la télé
se mit à rouler toute seule.

Sur le coup, Lili-Zoé eut un peu peur.

Mais pas longtemps. Au fond, elle s'amusait bien.

Elle allait encore rater une bonne émission,

c'est vrai, mais ce n'était pas très grave.

Il y en aurait une meilleure un peu plus tard.

Arrivés en bas de la pente, ils décidèrent de jouer
à cache-cache. Monsieur Saint-Aboie n'eut aucune difficulté
à trouver Lili-Zoé. Ensuite, ils fabriquèrent un cerf-volant.

Lili-Zoé regarda de nouveau sa montre. Oups! Elle était en train
de manquer *Les aventures de l'Amiral Bulles-de-bain.* Tant pis!
Elle n'avait pas envie de rentrer à la maison tout de suite.

Au cours de l'après-midi, ils allèrent se baigner dans un étang.
Monsieur Saint-Aboie en profita pour apprendre à Lili-Zoé
comment nager en petit chien.

Ils firent une course autour du pâté de maisons.

Ils allèrent pêcher dans un ruisseau.

Ils firent des dessins sur le trottoir avec des craies de couleur.

Ils allèrent à la bibliothèque et se firent la lecture à tour de rôle.

Ensuite, ils s'étendirent sur l'herbe

pour observer les formes des nuages.

Lili-Zoé était épuisée.

Soudain, Lili-Zoé se rendit compte
qu'il commençait à se faire tard.

— Eh ! Il faut qu'on se dépêche d'aller
chez le réparateur de télés ! s'écria-t-elle.

Quand ils arrivèrent, la boutique était déjà fermée.
Monsieur Saint-Aboie était sûr que Lili-Zoé allait
se mettre en colère. Mais non. Elle dit simplement :

— Tant pis, on reviendra demain.

Et cette nuit-là, pour la première fois depuis très longtemps, aucune pause publicitaire ne vint troubler les rêves de Lili-Zoé.

Quant à Monsieur Saint-Aboie, il était si heureux
de sa journée qu'il n'arrivait pas à s'endormir.
Il décida donc de « réparer » la télé et de regarder
tranquillement un bon film de fin de soirée.

Édition originale :
Penny Lee and her TV
Hyperion Books for Children

Texte et illustrations © Glenn McCoy 2002

Traduction de l'anglais par Carole Tremblay
© Éditions Imagine 2004 pour la traduction française (Canada)

Les Éditions Imagine inc.
4446, boul. Saint-Laurent, 7ᵉ étage
Montréal (Québec) H2W 1Z5

Dépôt légal : Bibliothèque nationale du Québec, 2004

Catalogage avant publication de la Bibliothèque nationale du Canada
McCoy, Glenn
Lili-Zoé et sa télé
Traduction de : Penny Lee and her TV.
Pour enfants de 4 à 7 ans.
ISBN 2-89608-011-2
I. Tremblay, Carole, 1959-   . II. Titre.
PZ23.M29Li 2004   j813'.6   C2004-941186-1

Imprimé au Canada
10 9 8 7 6 5 4 3 2 1

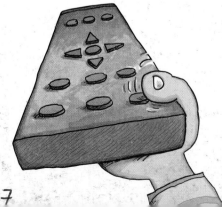